Alice no País das Maravilhas

Era uma vez...

Stefania Leonardi Hartley
Ilustrado por Maria Rita Gentili

Era uma tarde quente de **verão**. A jovem Alice estava sentada no **jardim** com sua irmã, que lia um livro. Alice estava se sentindo entediada, até que algo chamou sua atenção: um **coelho** branco, de olhos rosados, vestido com colete, paletó e gravata, passou correndo por ela, segurando um relógio e dizendo, com o pouco fôlego que lhe restava:

— Relógio teimoso! Nesse ritmo, você vai me atrasar muito!

Tomada por uma **curiosidade** irresistível, Alice seguiu o coelho até sua toca, por alguns túneis **escuros**, e depois **desceu, desceu, desceu,** caindo em um poço bem **fundo.** Ela pousou sobre uma cama de folhas secas, no meio de um corredor com **muitas** portas.

Sobre uma mesinha, estava uma **PEQUENA** chave dourada que possivelmente abria uma portinha escondida por uma **CORTINA**. Alice espiou pelo pequeno **BURACO DA FECHADURA** e viu um jardim maravilhoso, mas... como poderia chegar lá, se a porta era pouco mais alta que a palma de sua **MÃO**?

Alice estava prestes a perder as esperanças quando percebeu que uma pequena **garrafa** havia aparecido na mesa. O rótulo dizia **"beba-me"**. Então, ela pegou a garrafa e bebeu, mas se esqueceu de pegar a chave da portinha que havia deixado na mesa. A poção funcionou **imediatamente** e Alice encolheu até ficar tão pequena quanto a porta.

Então, ela exclamou:
— Agora que posso passar por ela, não consigo abrir esta portinha porque a chave ficou em cima da mesa!

Ao pé da mesa, porém, havia uma caixinha de **vidro** contendo um bolinho.

Em cima dela, estava escrito em vermelho: "Coma-me". Alice experimentou um pedaço; contudo, vendo que nada estava acontecendo, **engoliu** rapidamente o resto.

Nesse momento, ela começou a **crescer, crescer e crescer** até bater a cabeça no teto. Alice desatou a **chorar** e, pegando um leque, abanou-se para se confortar. A cada abanada, ela magicamente **diminuía** enquanto as paredes da sala desapareciam. Logo ela se encontrava ao ar livre, em um prado. O Coelho Branco parou diante dela e, confundindo-a com sua governanta, ordenou:
— Corra para casa o mais rápido que puder, traga as minhas luvas e o meu leque também!

Assim que entrou na casa do coelho, Alice encontrou uma garrafa **MISTERIOSA**. Ansiosa para descobrir o que poderia acontecer, ela bebeu o que havia dentro. Rápida como um raio, ela ficou tão **ENORME** que seus pés saíram pelas portas, seus braços saíram pelas janelas e o resto de seu corpo gigantesco ficou **DESCONFORTAVELMENTE** preso dentro da casa, que agora ficara muito pequena.

Acreditando que havia um **MONSTRO** em sua casa, o Coelho começou a jogar **PEDRINHAS** contra as janelas, mas elas viraram bolinhos e Alice engoliu um, esperando **VOLTAR** ao seu tamanho original. No mesmo instante, ela encolheu até o tamanho de um **RATO** e correu para a floresta.

Lá, ela conheceu uma **LAGARTA** que estava deitada languidamente em cima de um cogumelo. Alice perguntou a ela:

— Como posso voltar ao meu tamanho normal?
— Se você comer um lado do cogumelo, ficará **MAIOR**. Se comer do outro, **ENCOLHERÁ** — respondeu a lagarta. Em seguida, ela desapareceu no ar. Infelizmente, a lagarta havia se esquecido de dizer a ela **QUAL** lado do cogumelo a faria crescer e **QUAL** a faria encolher! Pegando um pedaço de um lado do cogumelo e um pedaço do outro, aos poucos Alice voltou ao seu tamanho **ORIGINAL**.

Mais adiante na mata, ela encontrou uma casinha e, querendo ENTRAR nela, resolveu se encolher comendo um pouco do cogumelo que guardara no bolso. Quando estava prestes a BATER à porta, um peixe vestido como um LACAIO passou na frente dela.
— Sua Majestade, a Rainha, convida a Duquesa para jogar críquete. — disse o estranho animal, entregando um CONVITE ao lacaio sapo que viera abrir a porta. A casa da Duquesa estava um caos, uma barulheira terrível.

A única criatura feliz lá dentro era um gato simpático com um **sorriso** que ia de **orelha** a **orelha**. Quando a Duquesa foi se preparar para o jogo de críquete, Alice correu para a floresta, onde encontrou o gato **engraçado** novamente e pediu informações a ele. Ele respondeu:

– Se você seguir o caminho logo ali, chegará à Lebre de Março. O outro caminho a levará até o Chapeleiro. Qual você vai escolher, não importa, afinal, qualquer um dos dois é completamente maluco.

Alice decidiu ir até a casa da Lebre de Março.

Alice encontrou a Lebre e o Chapeleiro sentados em uma mesa comprida e **ESPAÇOSA** debaixo de uma árvore. Embora houvesse apenas um arganaz adormecido com eles, a mesa estava posta para **MUITAS** pessoas. Alice tentou timidamente sentar-se à mesa, mas os dois **GRITARAM** para ela:
– Não há **ESPAÇO** para você! O tempo parou às seis horas, então é sempre hora do chá e não podemos nem mesmo lavar nossas xícaras antes de começar tudo **DE NOVO!**

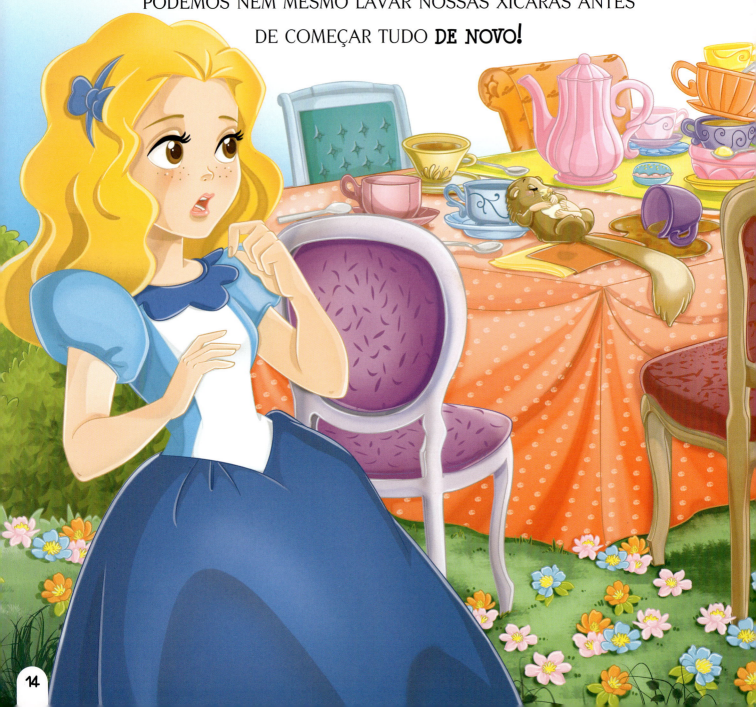

Dito isso, engoliram o chá que estava diante deles, mudaram de lugar e começaram a **DERRAMAR** o chá nas xícaras limpas novamente. Alice estava prestes a sair e se despedir quando percebeu que os dois estavam muito ocupados para responder tentando **ENFIAR** o arganaz no bule.

De volta à floresta, Alice encontrou uma árvore com uma portinha. Depois de passar por ela, viu-se de volta ao corredor onde sua jornada **MÁGICA** havia começado. Dessa vez, ela se lembrou de **PEGAR** a chave dourada e, após comer um pedaço do cogumelo que a fez encolher, conseguiu **DESTRANCAR** a portinha escondida atrás da cortina. Feito isso, Alice adentrou em um lindo jardim de **ROSAS**.
— Por que estão pintando de vermelho essas rosas brancas? — perguntou ela a algumas cartas de baralho que trabalhavam como **JARDINEIRAS**.

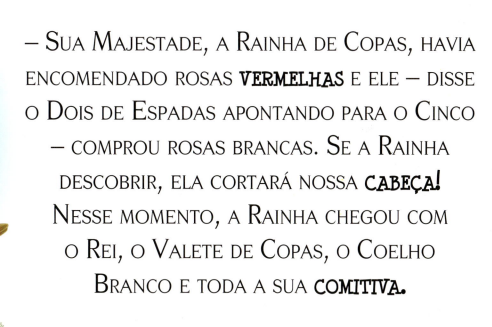

— Sua Majestade, a Rainha de Copas, havia encomendado rosas **VERMELHAS** e ele — disse o Dois de Espadas apontando para o Cinco — comprou rosas brancas. Se a Rainha descobrir, ela cortará nossa **CABEÇA**! Nesse momento, a Rainha chegou com o Rei, o Valete de Copas, o Coelho Branco e toda a sua **COMITIVA**.

— Você pode jogar **CRÍQUETE?** — perguntou a Rainha bruscamente para Alice.
— Sim, sua **Majestade** — respondeu a criança.

Deram-lhe então um **FLAMINGO** como taco e levaram-na a um campo de críquete cheio de **BURACOS** e sulcos. As bolas eram **OURIÇOS** e os soldados-cartas se curvavam para fazer os arcos. Alice, a Rainha e todos os convidados começaram a jogar ao mesmo tempo, enquanto os arcos se moviam e as bolas mudavam suas trajetórias **À VONTADE**. Discussões acirradas explodiram e a Rainha começou a gritar: "Cortem a cabeça dele!" e "Cortem a cabeça dela!". Então, o Coelho Branco tocou um trompete e anunciou:
– O julgamento está prestes a começar!

Diante do Rei e da Rainha, o Valete de Copas foi ACUSADO de roubar as tortas da Rainha. Sob pena de ser decapitado, o Chapeleiro Maluco foi obrigado a TESTEMUNHAR. Nesse ínterim, Alice, que estava sentada em um banco com todos os outros espectadores, foi ficando MAIOR e MAIOR porém, não conseguiu sair a tempo de deixar o tribunal antes que o Coelho Branco anunciasse:
– A próxima testemunha é Alice!

Agora gigantesca, Alice se **levantou** num **sobressalto** e, ao fazê-lo, **derrubou** a bancada do júri, fazendo com que os jurados levantassem as pernas no ar.
— **Desculpem-me!** — disse a menina enquanto tentava colocar os jurados **novamente** em pé.

– Regra quarenta e dois: qualquer pessoa com mais de 1,60 m deve sair do tribunal! – decretou o Rei.
– Mas eu não sou mais **alta** do que 1,60 m! – protestou Alice, que não deixara de notar que a regra havia sido inventada na hora, **contra** ela.
O Rei, irritado, gritou:
– Guardas, prendam-na!
E os soldados-cartas se lançaram sobre a criança, rodopiando como uma **tempestade de neve**.

Acenando com os braços para afugentar os soldados-cartas, Alice acordou e se viu DORMINDO no colo da irmã, com algumas folhas pousadas em seu rosto.
— Tive um sonho EXTRAORDINÁRIO! — exclamou ela, e então contou à irmã tudo o que havia sonhado.
— Muito interessante mesmo, Alice! Mas agora você precisa voltar correndo para casa, porque é HORA DO CHÁ — respondeu a irmã.
E enquanto Alice foi para casa, sua irmã ficou um pouco mais no jardim, SONHANDO ACORDADA.

FIM

Rodovia Jorge Lacerda, 5086 - Poço Grande
Gaspar - SC | CEP 89115-100

© Moon Srl, Itália
Todos os direitos reservados

Direitos exclusivos da edição em Língua Portuguesa
adquiridos por © 2017 Happy Books Editora Ltda.

Texto:
Stefania Leonardi Hartley

Ilustração:
Maria Rita Gentili

Tradução:
Ana Cristina de Mattos Ribeiro

Revisão:
Tamara B. G. Altenburg

IMPRESSO NA CHINA
www.happybooks.com.br

Dados Internacionais de Catalogação na Publicação (CIP)
(Câmara Brasileira do Livro, SP, Brasil)

Hartley, Stefania Leonardi
Alice no País das Maravilhas; Texto: Stefania Leonardi Hartley;
Ilustração: Maria Rita Gentili [Tradução: Ana Cristina de Mattos Ribeiro].
Gaspar, SC: Happy Books, 2024.
(Coleção Era Uma Vez)

Título original: Once upon a time : Alice's adventures in wonderland
ISBN 978-65-5507-445-1

1. Contos - Literatura infantojuvenil I. Moon Srl.
II. Gentili, Maria Rita. III. Série.

23-168449   CDD-028.5

Índices para catálogo sistemático:

1. Contos : Literatura infantil 028.5
2. Contos : Literatura infantojuvenil 028.5

Cibele Maria Dias - Bibliotecária - CRB-8/9427